बेगम, संदेह और अन्य कहानियाँ

अनुज सभरवाल

Copyright © Anuj Sabharwal
All Rights Reserved.

ISBN 978-1-63940-807-8

This book has been published with all efforts taken to make the material error-free after the consent of the author. However, the author and the publisher do not assume and hereby disclaim any liability to any party for any loss, damage, or disruption caused by errors or omissions, whether such errors or omissions result from negligence, accident, or any other cause.

While every effort has been made to avoid any mistake or omission, this publication is being sold on the condition and understanding that neither the author nor the publishers or printers would be liable in any manner to any person by reason of any mistake or omission in this publication or for any action taken or omitted to be taken or advice rendered or accepted on the basis of this work. For any defect in printing or binding the publishers will be liable only to replace the defective copy by another copy of this work then available.

जीवन के कुछ असाधारण किरदारों को समर्पित

क्रम-सूची

प्रस्तावना	vii
भूमिका	ix
पावती (स्वीकृति)	xi
आमुख	xiii
1. गौत्र	1
2. नुक्कड़ के कुक्कड़	5
3. संदेह	10
4. इजाजत	14
5. सीटी	18
6. कटियाना	22
7. अराजकता	26
8. घूरना	28
9. बेगम	31
10. लॉकडाउन	36

• v •

प्रस्तावना

यह किताब सरल, सभ्य व आदर्शवादी मनुष्यों का गुणगान नहीं करेगी। यह किताब उन लोगों के लिये है, जो भारतीय समाज के विकास,संबंधों व उनके समाधान के लिये ईमानदार सोच व प्रतिबद्धता नहीं रखते हैं।

भूमिका

लेखक की पिछली कृतियां जैसे नवंबर रेन, लिटिल आर्नी, रिवेंज ऑफ़ अ मैनईटर व गजाला से भिन्न है यह किताब। मन पर बोझ ना डाल कर कर पढ़िए यह किताब। इसीलिये सीधी साधी भाषा का उपयोग किया गया है। प्योर एंटरटेनमेंट!!!

पावती (स्वीकृति)

Copyright @ 2021 by Anuj Sabharwal

All rights reserved. No part of this publication may be reproduced, distributed or transmitted in any form or by any means, including photocopying, recording, or other electronic or mechanical methods, without the prior written permission of the author. For permissions, write to author at anujsabharwal3@gmail.com

Author's Note: This is a work of fiction. Names, characters, places, and incidents are a product of the author's imagination. Locales and public names are sometimes used for atmospheric purposes. Any resemblance to actual people is completely coincidental.

आमुख

नवाब जानवरों के प्रति भी उतना ही क्रूर था जितना बेगम के प्रति। परन्तु कुछ मौकों पर नवाब भावुक प्रेमी की तरह व्यवहार करता था। वह बेगम को प्यार से छूता था और अपना मतलब साधता था। उसमें भी नवाब आक्रामक प्रेमी में बदल जाता था। बेगम चोट लगी आँखों और थप्पड़ खाये गालों के साथ जीवन नहीं गुजार सकती थी। फिर बेगम की पीड़ा का अंत हुआ कैसे?

संदेह किसी भी शादीशुदा जीवन में उथलपुथल मचा देता है। रोहन और मोना संदेह से अनभिज्ञ नहीं थे। पर वे संदेह के शिकार हुए क्यों?

छोटे से बच्चे की सीटी ने माइक को सकते में डाल दिया। पर उसका जवाब मिसेज कपूर के पास था। कौन था वो बच्चा?

ऐसी ही कुछ और कहानियाँ का संग्रह है 'बेगम व अन्य कहानियाँ'।

1
गौत्र

मुदित (रोशनी का हाथ पकड़ते हुए) : मैं ऐसा कभी नहीं होने दूंगा| मैं तुमसे वादा करता हूँ| तुम्हे मुझ से कोई अलग नहीं कर सकता|

रोशनी (धीमे आवाज़ में) : तुम क्या कर पाओगे मुदित? तुम जीना चाहते हो या नहीं! हम एक ही गौत्र के हैं| दस गाँव से बाहर ही ढूंढेगे रिश्ता मेरे और तुम्हारे घर वाले| तुम जानते नहीं कि मेरे घर वाले कितने खतरनाक हैं| हमारी शादी से उनका मान सम्मान खतरे में पड़ जाएगा और हमारी ज़िंदगी|

मुदित : मुझे नहीं लगता कि वो हमें नुसकान पहुंचाएंगे| वो तुम्हें बहुत प्यार करते हैं|

रोशनी (हँसते हुये) : नुसकान नहीं 'नुक्सान' मेरे भोंदू|

मुदित (झेपते हुए) : हाँ हाँ| ठीक ठीक है| नुसकान!

रोशनी (प्यार से देखते हुए) : बस तुम्हारे इसी भोलेपन पर मुझे प्यार आता है|

मुदित : सब कुछ तो है मेरे पास| अच्छे घर से हूँ, पढ़ा लिखा हूँ, नौकरी करता हूँ, और क्या चाहिए तुम्हारे घर वालों को?

रोशनी : उनकी नज़र में हम भाई बहन हैं|

मुदित (हैरानी से देखते हुए) : हम भाई बहन कैसे हो सकते हैं?

रोशनी: गौत्र! क्या अलग गौत्र है तुम्हारा? नहीं ना| फिर हम भाई बहन हैं|

रोशनी अपना हाथ धीरे से छुड़ाती है|

मुदित (रोशनी क़ी आंखों में देखते हुए) : मैं उनसे कुछ बात करूँ तो वो मान जाएंगे| शायद!

रोशनी : मैं जानती हूँ कि तुम दीवाने हो| पर ये नहीं जानती थी कि थोड़े पागल भी हो| तुम खुदखुशी करना चाहते हो क्या? गायब कर देंगे तुम्हें और मार देंगे तुम्हें | ऐसी बेवकूफी कभी मत करना|

मुदित (फिर से रोशनी का हाथ पकड़ते हुए) : अरे! तुम गुस्सा मत हो| कसम से बहुत प्यार करता हूँ तुमसे| और हाँ डराओ मत मुझे!

रोशनी (उदास होते हुए) : मुझे लगता है की अब हमें हमारे बीच जो कुछ है वो खत्म कर देना चाहिए|

मुदित : पागल मत बनो| जल्दबाज़ी मत करो| क्या तुम चाहती हो की मैं खुदखुशी कर लूँ? अभी तो तुम बड़ी फिक्र कर रहीं थी मेरी|

रोशनी (मुदित के कंधे पर सर रखते हुए और कांपते हाथों से उसका हाथ पकड़ते हुए) : मैं थक चुकी हूँ, मुदित| मेरे में ना ही ताक़त है और ना ही हिम्मत कि मैं अपने घर वालों से लड़ सकूं| बाहर वालों से तो मैं फिर भी लड़ लूँ, पर उनसे कैसे लड़ूँ जो मेरे अपने हैं|

मुदित (हाथों से रोशनी के बालों को सहलाते हुए) : अरे कौन कह रहा है तुम्हें लड़ने के लिए? तुम बस मुझ से प्यार करो| बाकी सब मैं देख लूँगा| देखों कल वैलेंटाइन है|

रोशनी (सर उठा कर मुदित को देखते हुए) : हाँ| तो? क्या करने वाले हो तुम? तुम्हे मालूम है मैं कल घर से बाहर नहीं निकल सकती|

मुदित (प्यार से रोशनी को देखते हुए) : तुम नहीं निकल सकतीं पर मैं तो आ सकता हूँ|

रोशनी (प्यार से मुदित के कंधे पर मुक्का मारते हुए) : तुम नहीं सुधरोगे| Silly boy!!!

मुदित (प्यार से रोशनी को बाहों में भरते हुए) : चलो Silly X से Silly Boy बनना ज्यादा अच्छा है|

रोशनी (मयंक को जोर से पकड़ते हुए) : शैतान बच्चे! तुम ऐसे मेरे हाथ में नहीं आओगे| चलो दूध पियो!

मयंक (खिलखिला कर बचते हुए) : नहीं आऊंगा! नहीं आऊंगा!

जग्गा (अखबार का पन्ना पलटते हुए) : ये आजकल के बालकों को काबू करना भी छोटे मोटे युद्ध के बराबर है|

महिमा (टेबल साफ़ करते हुए) : अरे छोड़ दे इसे रोशनी| ये तेरे हाथ नहीं आएगा| तुझे बनाने लग रहा है यह|

जग्गा (रोशनी की तरफ देखते हुए) : बालक छोड़ आजकल के छोरे भी कम ना हैं| लड़की को घुमाफिरा के छोड़ देवे हैं|

महिमा (जग्गा को घूरते हुए) : तुमको कोई और काम ना है सिवाय कोसने के| हमारी रोशनी ऐसी न है|

༄

मुदित (अपने से बात करते हुए) : प्यार करना कोई गुनाह तो नहीं| अच्छी नौकरी है, ठीक ठाक दिखता हूँ, पापा आर्मी से रिटायर हैं तो क्यों मना करेंगे रोशनी के घर वाले? नया ज़माना है| लोग कहाँ से कहाँ पहुँच गए हैं| हम लोग अभी भी जातपात और गौत्र में पड़े हैं! आज वैलेंटाइन है! प्यार करने वालों का दिन| बात करता हूँ रोशनी के घर वालों से|

जग्गा (मयंक से) : चल छोरे! पकड़ गिलास!

मयंक हाथ छुड़ा कर घर के बाहर को भागता है| जग्गा मयंक के पीछे बाहर भागता है|

जग्गा (जोर से बोलते हुए) : दीख ना रहे तुझे| मार दिया बालक को|

महिमा (घर के बाहर भागते हुए और चिल्लाते हुए) : अरे रोशनी देख मयंक के किसने मार दिया!

रोशनी (महिमा के पीछे भागते हुए) : क्या हुआ भाभी? किसने मार दिया मयंक को?

बाहर का नज़ारा देख कर रोशनी चीख पडी और फफक कर रो पड़ी| महिमा जग्गा को मुदित को पीटने से रोक रही है|

मयंक मोटरसाइकिल के पास गिरा पड़ा है| उसके मुँह और उसकी टांग से खून निकल रहा है| मुदित मोटरसाइकिल के नीचे गिरा पड़ा है|

उसके भी टांग और माथे से खून निकल रहा है| दोनों के खून आपस में घुल रहे हैं| कोई नहीं बता सकता की कौन सा खून कौन से गौत्र का है! वो सिर्फ खून है| वो भी सिर्फ लाल!

समाप्त

2

नुक्कड़ के कुक्कड़

करणः (हाथ से दोस्त को इशारा करते हुए) बस थोड़ा इंतजार ओर कर यार | वो आती ही होगी!

अभिमन्युः यार करण ! हम बीस दिन से रोज सुबह यहां आ कर नुक्कड़ पर बैठते हैं | और एक वो है जो तुझे देखती भी नहीं | इगनोर मारती है हमको देख कर |

करणः (आँख मारते हुए) यार वो इगनोर नहीं करती | बस थोड़ा सा शरमाती है |

अभिमन्युः (सर हिला कर बोलते हुए) मैं कोई स्कूल का बच्चा नहीं हूँ | ग्रेजुएशन कर चुका हूँ | इगनोर वाली नजरों और प्यार वाली नजरों का फर्क पता है मुझे | उसके लिए यहां बैठ कर वक्त मत जाया कर तू |

करणः तू दोस्त है मेरा| साथ देने साथ के बजाय मेरी हिम्मत तोड़ रहा है तू | हद है यार!

अभिमन्युः क्या लड़की पटाने के लिए तुझे हिम्मत दूँ? हद तो तू कर रहा है! कोई ढंग का काम होता तो जरूर तुझे हिम्मत देता | तेरा साथ भी देता| करियर बनाना! नौकरी करना! इन दोनों के बारे में सोच! ये ज्यादा जरूरी है | पर क्या करूँ? तू दोस्त है मेरा | वो भी बचपन का |

करणः अरे नौकरी तो कोई भी चलेगी पर छोकरी ये ही चाहिए | पूजा!

अभिमन्युः (चिढ़ कर बोलते हुए) घर में झूठ बोल कर आता हूँ की योग करने जा रहा हूँ | पर यहां आ कर तेरी पूजा की पूजा करता हूँ |

करण (मुस्कराते हुए): तू सिर्फ पूजा कर | मैं मोहब्बत करूंगा |

अभिमन्यु: (ठंडी आह भरते हुए) ठीक है भाई | दोस्ती है | जो तू कहे!

करण: (अभिमन्यु को बाह में भरते हुए) हम पहले करण और अभिमन्यु हैं जो दोस्त हैं | नहीं!

अभिमन्यु: हाँ पर करण हर बार जिद्दी होता है | बात ही नहीं समझता | हमेशा अभिमन्यु की वाट लगाता है |

(अभिमन्यु हल्का सा मुहं बनाते हुए) ले आ गयी तेरी पूजा | कर ले जितनी पूजा करनी है उसकी | आई मीन इश्क़ |

करण: (खुश हो कर चहकते हुए) वो तितली मैं भंवरा | खूब जमेगी!

अभिमन्यु: हाँ दोनों बैठ कर रस पीना |

करण: (अभिमन्यु को हल्की कोहनी मारते हुए) हाँ! मोहब्बत का रस!

(पूजा कपडे से अपना मुँह ढकते हुए|)

अभिमन्यु: (थोड़ा मुँह बनाते हुए) अरे! उसने तो हमें देख कर अपना मुँह ही ढक लिया |

करण: हाँ! प्रदुषण है बहुत | रोज तो टीवी पर दिखा रहे हैं |

अभिमन्यु: यहाँ पर ! जरा आँख पूजा से हटा कर देख | पार्क के हर तरफ पेड़ ही पेड़ हैं | कौन सा प्रदुषण है यहां पर?

करण: (खीजते हुए) तुझे तो हमेशा लगता है वो हमें इगनोर कर रही है |

(पूजा अपने राइट साइड देखती है जैसे किसी का वह इंतजार कर रही है)

अभिमन्यु: बस करण! आज तू हिम्मत दिखा और जा कर उससे बात कर | ये रोज रोज यहाँ नहीं बैठ सकते!

करण: ठीक है! पर थोड़ा धीरे बोल |

(करण थोड़ा कपडे ठीक कर के पूजा की तरफ जाता है)

करण: Excuse me! आप पूजा हैं ना ?

पूजा : (थोड़ा हैरान हो कर करण को देखती है) तुम दुकान वाले अंकल से मेरा नाम पूछ चुके हो | बताया था उन्होंने मुझे | फिर क्यों पूछ रहे हो?

करण: (टूटते शब्दों मैं) हाँ... वह.... मैं तो बस ऐसे ही ...

पूजा (तीखी नजरों से करण को देखते हुए) : बस ऐसे ही कोई किसी का नाम पूछता है | वह भी कॉलोनी के दुकानदार से! मालूम नहीं की ऐसे लड़की बदनाम होती है!

करण: आई एम् सॉरी ! क्या तुम पढ़ती हो?

पूजा: तुम्हें इससे क्या करना है?

करण: मैं वो... मैं वो...

पूजा (थोड़ा खीजते हुए) : मैं वो.....मैं वो.....क्या? जो बोलना है जल्दी बोलो | लोग देख रहे हैं |

(करण आसपास देखते हुए | अभिमन्यु तीखी नजरों से करण की तरफ देखता है |)

करण: मैं तुमसे दोस्ती करना चाहता हूँ |

पूजा: क्यों?

करण: क्योंकि तुम मुझे अच्छी लगती हो |

पूजा: क्यों?

करण: क्यों? क्यों का क्या उत्तर दूँ? बस अच्छी लगती हो !

पूजा: ऐसा क्या है मुझ में जो अच्छी लगती हूँ |

करण: ये तो मैं नहीं जानता! रोज इसी समय जाती हो | इसका मतलब कुछ काम करती होगी |

पूजा: और तुम? क्या काम करते हो ? सिर्फ आती जाती लड़कियों को देखना | क्या यह ही है तुम्हारा काम?

करण: ग्रेजुएट हूँ | ग्रेजुएशन की है इसी साल |

पूजा: वो तो ठीक है पर अगर काम नहीं करते तो काम तो जानते होगे कुछ |

करण: हाँ | नहीं | काम ढूंढ रहा हूँ | मिल जाएगा |

पूजा (अपनी घड़ी की तरफ देखते हुए) : देखो अपना समय मत जाया करो | मेरा बॉयफ्रेंड है! वो लेने आ रहा है |

करण: तुम झूठ बोल रही हो | मैंने देखा है की तुम और लड़कियों के साथ जाती हो |

पूजा: देखो ये मेरा प्रॉब्लम है तुम्हारा नहीं की मैं लड़कियों के साथ जाऊं या नहीं | आज मैं बॉयफ्रेंड के साथ जा रही हूँ |

(अभिमन्यु उत्सुक्तावंश अपनी जगह पर खड़ा हो जाता है)

करण : इसका मतलब तुम्हारे बॉयफ्रेंड के पास भी कोई काम नहीं जो तुम्हें लेने आ रहा है |

(करण मुस्करा कर अभिमन्यु की तरफ देखते हुए)

पूजा (चिढ़ कर बोलते हुए) : तुम उसकी फिक्र छोड़ो और अपने काम की बात करो |

करण: वह ही तो करने के लिए पिछले बीस दिनों से यहाँ तुम्हारा इंतज़ार करता हूँ |

पूजा: कोई स्किल्स हैं तुम्हारे पास |

करण: स्किल्स?

पूजा: हाँ! स्किल्स! जैसे एकाउंट्स या कुछ कंप्यूटर की नॉलेज |

करण: नहीं! मैंने आर्ट्स से पढ़ाई की है |

पूजा: स्किल्स तुम्हारे पास हैं नहीं | काम तुम कुछ जानते नहीं पर फ्रेंडशिप करना चाहते हो | किसके बलबूते पर? माँ बाप का पैसा उड़ाना चाहते हो!

अभिमन्यु (पीछे से बोलते हुए) : बस कर करण | अभी और कितनी इज्जत उतरवायेगा | मना किया था ना तुझे मैंने |

करण (पीछे मुड़ कर कहते हुए) : चुप कर अभिमन्यु! मेरी उतर रही है ना | तू बीच में मत पड़ |

पूजा (अभिमन्यु की तरफ देखते हुए) : तुम्हारा दोस्त समझदार लगता है | सही सीख दे रहा है तुम्हें |

करण: तुम बहुत रूड हो | दोस्ती का स्किल्स से क्या मतलब | अभिमन्यु मेरा दोस्त नहीं है क्या ? उसके पास भी कोई स्किल्स नहीं हैं!

पूजा : मैं रूड नहीं हूँ | हम एक ही कॉलोनी मैं रहते हैं | तुम्हें दोस्त तो नहीं शुभचिंतक की तरह बता रही हूँ | Skill India Program "Pradhan Mantri Kaushal Vikas Yojna" ज्वाइन कर लो | सब कुछ सीखा रहे हैं जैसे Tourism skills, Electrical skills, apparel skills, beauty skills etc. कोई लड़की नहीं आएगी जब तक की तुम्हारे

पास कोई स्किल्स ना हो | गर्लफ्रेंड तो दूर फ्रेंड भी नहीं बनेगी अगर तुम ऐसे ही अपना टाइम जाया करोगे | ये उम्र कुछ काम करने या सीखने की है |

(करण हैरानी से पूजा को देखते हुए | पूजा का बॉयफ्रेंड उसको लेने गाड़ी में आता है| करण और अभिमन्यु उसे जाता हुए देखते हैं|)

अभिमन्यु: यार करण ! कहते हैं लड़की ज़िंदगी बना भी सकती है और बिगाड़ भी सकती है | अच्छी लड़की थी | बहुत कुछ सीखा कर गयी |

करण: थी नहीं ! है ! चल हम भी कुछ सीखते हैं |

समाप्त

3

संदेह

रोहन (सीट पर बैठे हुए हाथ को थोड़ा फैलाते हुए) : यार समीर ! सोच रहा हूँ आज घर जल्दी चला जाऊं | थोड़ी सुस्ती सी लग रही है | मन नहीं है आज काम करने का |

समीर (साथ वाली सीट से पीछे मुड़ कर बोलते हुए) : हाँ ! पर ये बताओं आज मन क्यों नहीं लग रहा तुम्हारा ! (मुस्करा कर बोलते हुए) मोना भाभी की याद आ रही है क्या ?

रोहन (थोड़ा अटपटे मन से बोलते हुए) : नहीं! ऐसा कुछ नहीं है | रोज तो मिलता हूँ तुम्हारी भाभी से! बस वीकेंड है कल से | लगता है उसकी खुमारी है | शायद इसलिए मन नहीं लग रहा |

समीर (हँसते हुए) : सही है! आजकल सब मन के पीछे पड़े हैं | कोई हर इतवार मन की बात करता है तो कोई इतवार का इंतज़ार करता है | सब मनीराम के पीछे पड़े हैं!

रोहन (कंप्यूटर लॉग ऑफ करके अपना बैग उठाते हुए) : और आप किसके पीछे पड़े हैं!

समीर (हाथ से इशारा करते हुए) : अपने मन का सपना मनी मनी !

रोहन (हँसते हुए) : नोट! वो तो सबका ही सपना है | (समीर के कंधे पर हाथ रख कर चलते हुए) अच्छा मिलते हैं फिर! वीकेंड के बाद!

समीर (मुस्करा कर हाथ हिलाते हुए) : Okay Rohan! Enjoy!

रोहन : Thanks ! You too buddy!

(रोहन कार को घर के बाहर खड़ा करता है | कार से उतर कर थोड़ा हैरानी से अपने घर के बाहर खड़ी गाड़ी को देखता है |)

रोहन (खुद से ही बात करते हुए) : ये तो विक्रम की गाड़ी है | ये यहाँ क्या कर रहा है! क्या गाड़ी खराब है मोना की? शायद!

रोहन अपने घर की तरफ बढ़ता है | मेन डोर खुला है | रोहन धीरे से चल कर अंदर लिविंग रूम की तरफ जाता है और टेबल पर अपनी चाबी रखता है | वो कंधे पर रखा बैग नीचे नहीं उतारता है | बैडरूम से कुछ आवाज़ें आ रही होती हैं | आवाजें विक्रम और मोना की हैं | रोहन के चेहरे पर हताशा के भाव आते हैं | अनेक विचार उसके मन में आते हैं | वो बैडरूम की तरफ नहीं जाता और वापस टेबल पर से चाबी उठा कर बाहर की तरफ जाता है | सोच में डूबते हुए वो अपनी गाड़ी थोड़ा पीछे कर के लगा लेता है और इंतजार करता है | रोहन टकटकी लगा कर घर की तरफ देखता है | करीब बीस मिनट के बाद रोहन अपना सर थोड़ा नीचे कर के स्टेरिंग पर रखता है | उसी समय विक्रम अपने एक साथी के साथ बाहर आता है | विक्रम और वो आदमी गाड़ी में बैठ कर निकल जाते हैं | तभी रोहन अपना सर उपर कर के देखता है | रोहन अपना हाथ गुस्से में कार स्टेरिंग पर मारता है | फिर गाड़ी स्टार्ट कर के वहां से निकल जाता है | थोड़ी सी दूर जाने पर रोहन के फोन पर घंटी बजती है | रोहन फोन को देखता है | मोना का नाम स्क्रीन पर फ़्लैश कर रहा होता है | रोहन फोन नहीं उठाता | मोना का कॉल मिस्ड कॉल में चला जाता है | रोहन गाड़ी साइड पर लगाता है और मोना को फोन करता है |

मोना (धीरे से बोलते हुए) : रोहन!

रोहन (थोड़ा चुप रह कर फिर बोलते हुए) : हाँ मोना ! बोलो !

मोना (थोड़ा हकला कर बोलते हुए) : वो तुम... वो तुम आज जल्दी आ सकते हो |

रोहन (चेहरे पर शिकन के भाव लाते हुए) : क्यों? क्या हुआ?

मोना : मेरी तबियत कुछ ठीक नहीं है | मयंक को आज तुम पिक कर लो स्कूल से |

रोहन: ठीक है! निकलता हूँ थोड़ी देर में |

मोना (धीरे से बोलते हुए) : ठीक है मैं स्कूल के रिसेप्शन पर फोन कर देती हूँ | तुम गेट पास बनवा लेना |

रोहन: ठीक है ! बाय (मोना कुछ कहना चाहती थी पर रोहन फोन काट देता है | मोना फिर फोन करती है पर रोहन फोन नहीं उठाता |)

(मोना कुछ सोचते हुए धीरे से खाना खा रही होती है | रोहन गौर से मोना को देखते हुए | मयंक अपना खाना खाते हुए मोना की ओर देखता है |)

मयंक : मम्मा! आप इतना चुप क्यों हो?

मोना : नहीं ! ऐसा कुछ नहीं है मयंक!

रोहन (सब्ज़ी का बाउल उठा कर पूछते हुए) : तुम्हारी तबियत कैसी है मोना?

मोना (थोड़ा सा चौंक कर जवाब देते हुए) : हाँ... हाँ ठीक हूँ मैं अब!

रोहन (तीखी नज़रों से मोना को देखते हुए) : क्या हुआ था ?

मोना: बस ऐसे ही | शायद मौसम की वजह से |

रोहन (कुछ देर बाद फिर पूछते हुए) : गाड़ी ठीक है तुम्हारी ?

मोना (हैरानी से रोहन की तरफ देख कर बोलते हुए) : हाँ ठीक है ! मेरी गाड़ी को क्या हुआ ? (फिर सर पर हाथ रख कर बोलते हुए) हाँ बिलकुल भूल गयी! लगता है बैटरी खराब है गाड़ी की | दिन में निकलने लगी थी पर गाड़ी स्टार्ट नहीं हुई | फिर थोड़ा तबियत ठीक नहीं लगी तो तुम्हें फोन किया |

रोहन (संदेह से मोना को देखते हुए) : विक्रम को फोन करके बुला लेतीं |

मोना (कंधे उचका कर बोलते हुए) बस ऐसे ही नहीं बुलाया! वीकेंड है! तुम बोल देना उसे |

रोहन (थोड़ा ठंडा सांस खेंच कर बोलते हुए) : मैं तो बुला ही लूँगा!

(रोहन और मोना एक दुसरे को देखते हैं |)

रोहन दिन में हुई घटना के बारे में सोचता है | विक्रम और मोना की आवाज़ों के बारे में सोचता है | मोना भी दिन में हुई घटना के बारे में सोचती है | उसके गले पर तेजधार चाक़ू विक्रम ने रखा हुआ था | पहले विक्रम उसका बलात्कार करता है और फिर उसका साथी | फिर दोनों चले जाते हैं | मोना बेड से उठ कर रोहन को फ़ोन करती है|

समाप्त

4
इजाजत

रोहन अपने ड्राइंग रूम में अखबार पढ़ते हुए | हवा के झोंके से ड्राइंग रूम की खिड़की का पर्दा हिलता है और रोहन खिड़की की तरफ देखता है | तभी मेन गेट की घंटी बजती है | रोहन अखबार टेबल पर रखता है और सोफे से खड़े हो कर मेन गेट की तरफ जाता है और उसे खोलता है | सामने उसका जिगरी दोस्त करण खड़ा है |

रोहन (आँखें मचकाते हुए) : अरे करण तू ! आ यार अंदर आ !

(करण रोहन को घूरता है और बिना कुछ कहे घर के अंदर दाखिल हो जाता है | रोहन और करण हाथ नहीं मिलाते हैं |)

रोहन : बैठ दोस्त ! और कैसा है ! आ रहा था तो मोबाइल पर रिंग मार देता | कुछ पार्टी वगैरह करते !

(करण बिना पलके झपके रोहन को घूरता है | करण कोई जवाब नहीं देता और टेबल के पास खड़ा रहता है |)

रोहन (थोड़ा कंधे उचकाते हुए) : क्या हुआ करण ? क्या बात है ? तू इतना अजीब सा बीहेव क्यों कर रहा है | कुछ बोलता क्यों नहीं!

करण (चेहरे पर गंभीर भाव लाते हुए) : इजाजत नहीं है !

रोहन (हँसते हुए) : किस बात की ? पार्टी करने की या बोलने की ! या फिर बैठने की !

करण (बिना पलके झपके रोहन को घूरते हुए) : किसी भी बात की |

रोहन (हँस कर बोलते हुए) : बोलना नहीं ! बैठना नहीं ! पार्टी नहीं करनी ! तो क्या घर से मुझे घूरने आया है ? देख तेरी आँखें कैसी लाल हो रखी हैं |

करण (आँखें बड़ी कर के बोलते हुए) : हाँ !

रोहन : अरे ! हर हफ्ते तो मिलते हैं हम | दस साल हो गए हमें साथ काम करते हुए | घूरना है तो लड़कियों को घूर! रोशनी को ....

करण (जोर से बोलते हुए): चुप कर ! उसका नाम मत ले अपनी गंदी जुबान से !

(करण तीखी निगाहों से रोहन को घूरता है | रोहन थोड़ा सकपका जाता है | रोहन के चेहरे पर डर के भाव आ जाते हैं |)

रोहन (हकला कर बोलते हुए): क्या... क्या बात है करण ? तू इतना गुस्से में क्यों है ?

(करण बिना कुछ कहे रोहन को देखते हुए पीछे होता है और दरवाजे से बाहर चला जाता है | रोहन कुछ देर अपनी जगह पर ही खड़ा रहता है और फिर अपना मोबाइल टेबल से उठा कर धीरे से मेन गेट की और जाता है | रोहन किसी को फोन करता है)

रोहन (रोने की आवाज सुन कर): रोशनी ! क्या हुआ ? तुम रो क्यों रही हो !

रोशनी (धीरे से रो कर बोलते हुए) : रोहन ! तुम... तुम यहाँ आ जाओ |

रोहन : हुआ क्या है ? तुम थोड़ा चुप करो | इतना क्यों रो रही हो ? बोलो क्या हुआ है ?

रोशनी : वो... वो करण ! करण बहुत गुस्से में घर से निकला था | तुम प्लीज जल्दी आ जाओ हॉस्पिटल पर |

रोहन : हां मालूम है मुझे | वो गुस्से में था ? पर क्यों ? और हॉस्पिटल क्यों ?

रोशनी (सुबक सुबक कर बोलते हुए): करण का एक्सीडेंट हो गया है और ... और वो ... उसे... हमारे बारे में पता चल गया था |

रोहन (हैरान हो कर बोलते हुए) : क्या सब कुछ? कैसे एक्सीडेंट हो गया ?

रोशनी : उसका मोबाइल खराब हो गया था | मेरा... मेरा... मोबाइल | फोन करने के लिए उसने मेरा मोबाइल लिया था लिया था | उसने मेरा मैसेज बॉक्स पढ़ लिया | पढ़ते ही मुझे धक्का दे कर वो बहुत गुस्से में निकल गया |

रोहन (सर पकड़ कर गुस्से में बोलते हुए): ओह रोशनी ! तुम मेरे मैसेज हटाती क्यों नहीं थीं ?

रोशनी (थोड़ा सा चुप हो कर बोलते हुए) : हटा देती थी ! पता नहीं कैसे पिछले हफ्ते वाले मैसेज रह गए | पर तुम्हें कैसे पता की वो गुस्से में था |

रोहन : करण आया था अभी यहाँ पर | बहुत गुस्से में था |

रोशनी : (थोड़ा हैरान हो कर बोलते हुए) क्या अभी ?

रोहन : हाँ बिलकुल | उसके जाते ही मैंने तुम्हें फोन मिलाया है | कुछ बोल नहीं रहा था | बस घूरे जा रहा था | कह रहा था की इजाजत नहीं है |

रोशनी (थोड़ा सुबक कर बोलते हुए) : ये कैसे हो सकता है करण ! मेरा मतलब रोहन ! डॉक्टर ने फोन पर अभी बताया था की करण तो दोपहर को एक्सीडेंट में ...

रोहन : क्या एक्सीडेंट में ?

रोशनी : एक्सीडेंट में मारा गया था | फिर... फिर वो अभी कैसे आ सकता है तुम्हारे यहाँ |

रोहन (हैरान हो कर सोफे पर बैठ जाता है) : रोशनी... वो करण नहीं था |

रोशनी : हेलो ! हेलो ! तुम कुछ बोलते क्यों नहीं ?

रोहन सोचते हुए ... मतलब वो करण की ... करण की रूह थी | तभी वो घूरे जा रहा था | उसकी आँखें डरावनी लग रहीं थीं | तभी वो कह रहा था की इजाजत नहीं है |

(तेज आवाज में रोशनी को बोलते हुए) रोशनी ... वो करण की रूह थी ... वो करण की रूह थी |

रोशनी (हैरान हो कर): क्या?

रोहन : मैं... मैं नहीं आ सकता रोशनी | हमने करण के साथ गलत किया | वह बिना बोले आँखों से बहुत कुछ बोल गया | उसकी आँखें में दुःख था ! उसकी आँखों में गुस्सा था !

समाप्त

5
सीटी

लगभग चालीस साल का अधेड़ आदमी जिसका नाम माइक है शाम की सैर कर रहा है | आसपास के वातावरण जैसे फूलों की खुशबू और बारिश के बाद मिट्टी की सुगंध उसके मन को खुशी दे रहे हैं | वो उनको देखता हुआ शाम की सैर कर रहा है |

तभी उसके पास से दस साल का बच्चा साइकिल चलाते हुए निकल जाता है | साइकिल माइक को छूते हुए निकल जाती है | वो बच्चा हल्की सी सीटी बजा रहा है और आड़ी तिरछी साइकिल चला रहा है |

माइक: बच्चे ! धयान से साइकिल चलाओ !

(बच्चा उसकी बात अनसुनी कर देता है | आदमी हाथ उठा कर हल्की आवाज में बोलता है |)

कमाल है !

माइक कुछ ही दूर जाता है तो मोड़ पर वो बच्चा उसे फिर नजर आता है | वो बच्चा नीचे खाई की तरफ देख रहा होता है | माइक भी नीचे खाई की तरफ देखने लग जाता है | बच्चा साइकिल मोड़ कर माइक की तरफ आता है | इस बार भी वह हल्की आवाज में सीटी बजाता है | माइक उसको देख कर मुस्कुराता है | बच्चा माइक को अनदेखा कर के पास से निकल जाता है| माइक मुड़ कर उसको देखता है और फिर से उसी रास्ते पर सैर को निकल पड़ता है | मोड़ पर वो हल्की सी नजर से फिर से नीचे खाई को देखता है |

अगला दिन |

माइक फिर से उसी रास्ते पर सैर को जाता है | वो इधर उधर देखता है पर इस बार उसे बच्चा दिखाई नहीं देता | मोड़ पर खड़े हो कर माइक खाई की तरफ नीचे देखता है और आगे की तरफ चल पड़ता है | रास्ते में उसे मिसेज कपूर का घर दिखता है | माइक मेन गेट का दरवाजा खटखटाता है |

मिसेज कपूर: कौन है?

माइक (धीरे से बोलता है) : मैं हूँ माइक !

मिसेज कपूर : हाँ हाँ माइक ! आ जाओ ! दरवाजा खुला है |

माइक : हेलो मिसेज कपूर ! यहां से निकल रहा था सोचा आपका हाल चाल पूछ लूँ |

मिसेज कपूर (मुस्कुरा कर बोलते हुए) : थैंक यू माइक ! चलो कोई तो है जो आज भी लोगों का हालचाल पूछने में यकीन रखता है | वरना आजकल के लोगों के पास टाइम ही कहाँ है |

माइक (मुस्कुरा देता है) : मिस्टर कपूर नज़र नहीं आ रहे |

मिसेज कपूर (मुस्कुरा कर बोलते हुए) : आराम कर रहे हैं | फौज में थे तो सबको कहते थे की आराम हराम है | पर अब खुद सारा दिन ही आराम करते हैं |

माइक: ठीक ही तो है | देश की सेवा की है | आराम तो बनता है |

मिसेज कपूर: अरे ! साठ साल की उम्र में रिटायरमेंट ! ऐसा कौन करता है ! इतना आराम भी किस काम का की शाम की सैर को भी ना जाओ |

मिसेज कपूर: कॉफ़ी लोगे?

माइक: नहीं नहीं ! सैर से ही तो आ रहा हूँ मैं |

मिसेज कपूर: वो भी क्या करें ? कोई साथ भी तो हो सैर पर जाने वाला | मैं तो अभी से घुटनों को लेकर परेशान हूँ |

माइक: अरे मैं हूँ तो ! मेरे साथ चला करें ! वैसे भी नया शिफ्ट हुआ हूँ तो आप लोगों के अलावा किसी को नहीं जानता |

मिसेज कपूर: अरे अभी कुछ ही हफ्तों से आये हो | आसपास भी तो कोई होना चाहिए जानने के लिए |

माइक: हाँ यहाँ घर तो काफी दूर हैं ! मैंने कल बच्चे को देखा था साइकिल चलाते हुए |

मिसेज कपूर (हैरान हो कर देखते हुए): बच्चे को ?

माइक: हाँ ! वह साइकिल पर सीटी बजाते हुए जा रहा था |

मिसेज कपूर: पर यहाँ आसपास तो कोई नहीं रहता जिसका छोटा बच्चा हो |

माइक: जरूर कोई छोटा बच्चा रहता होगा ! शायद आपको भी ना मालूम हो | वो कोई दस साल का होगा |

मिसेज कपूर: और उसके चेहरे पर हल्की सी मुस्कान होगी |

माइक: हां !

मिसेज कपूर: हलके से सीटी बजाता होगा |

माइक: हाँ !

मिसेज कपूर: ओह !

माइक: ओह मतलब !

मिसेज कपूर (कुछ सोच कर बोलते हुए) : सैमी ! वो बच्चा सैमी होगा | उसका साइकिल चलाने का अलग ही अंदाज था |

माइक: सैमी ? कौन सैमी ?

मिसेज कपूर (कुछ देर चुप हो कर बोलते हुए) : यहाँ अगले मोड़ पर ही रहता था | वो कभी कभो मेरी दवा लाता था | कहता था आंटी कुछ लाऊं आपके लिए | उस शाम भी सीटी बजाते हुए निकला था यहां से | साइकिल समेत खाई में गिर गया था |

माइक (हैरान हो कर बोलते हुए) : मतलब वो... सैमी का...

मिसेज कपूर कुछ नहीं बोलतीं | सिर्फ सर हिला देती हैं | दोनों एक दूसरे को देखते हैं |

⁐

माइक अगले दिन उसी रास्ते पर सैर को जाता है | वह थोड़ा घबरा कर इधर उधर देखता है | माइक खाई के नजदीक खड़े हो कर नीचे की ओर

देखता है | तभी उसे हल्की सी सीटी की आवाज आती है | पर सैमी नज़र नहीं आता | आवाज थोड़ी ज्यादा साफ होती है | फिर भी सैमी नजर नहीं आता | तभी उसके पास से सैमी साइकिल पर निकल जाता है | माइक लड़खड़ा जाता है | इस बार सैमी मुड़ कर मुस्कुरा देता है| खाई में गिरने से पहले माइक भी मुस्कुरा देता है |

समाप्त

6
कटियाना

कटियाना, जो की बड़ी साइबेरियन बाघिन थी उसके सर पर एक मोटी बांस की छड़ी जोर से आ कर लगी। साइबेरियाई बाघिन का चेहरा डर से नहीं, बल्कि गुस्से से भर गया। बांस छोटी कुल्हाड़ी की तरह आ कर लगा। घाव से खून बहने लगा।

'क्या तुम्हारे पास कोई दया नहीं है?' सैम ने घृणा से माइक को कहा।
'क्या?'

"क्या तुम बैनर नहीं पढ़ सकते हो, 'वस्तुओं को बेजुबानों पर न फेंकें? कृपया समझदार बनें।' सैम ने चिड़ियाघर के चेतावनी बोर्ड की तरफ इशारा किया। वो देखो!"

शाम के पाँच बज रहे थे। वहां पर उनके अलावा युगल दम्पति मौजूद था जो कटियाना की तसवीरें लेने में व्यस्त था। वो भी माइक की हरकतों को देखकर गुस्से में थे। कटियाना के हजार वर्ग गज के दायरे में कोई गार्ड नहीं था। गार्ड मुख्य द्वार पर था जो पाँच सौ मीटर दूर था। क्षुब्ध हो कर वो दम्पति वहां से गार्ड के गेट की तरफ चला गया।

'हाँ मुझे पता है। लेकिन, यह घातक झटका नहीं है! उसके सिर पर खून की कुछ बूंदें ही हैं। हम यहां थोड़ी मस्ती के लिए हैं। क्या हम मस्ती के लिए नहीं आये हैं?'

'मैं तुम्हारी मस्ती के खिलाफ नहीं हूँ। पर तुम्हारी ऐसी हरकतों ने जमीमा की जिंदगी ही ले ली थी,'

'अरे, मेरी बात सुनो! तब हम स्कूल में थे। मुझे याद है! पर इसके लिए मुझे दोष देने की जरूरत नहीं है। मेरी गलती नहीं थी। वह गलियारे से गिर गई थी,'

'वह गिर गई क्योंकि तुमने उसे परेशान किया। तुम उसके पीछे दौड़े और उसे सताया। वह अपना संतुलन खो बैठी,'

'सुनो! अब तुम मुझे उसके लिए जिम्मेदार नहीं ठहरा सकते,'

'तुम इसे कभी स्वीकार नहीं करोगे!'

'मुझे दोष देना अपमानजनक है।' माइक ने जवाब दिया।

॰॰॰

पांच साल पहले, माइक के प्रेम भरे प्रस्ताव को जेमिमा ने खारिज कर दिया था। इस अहंकार भरे प्रस्ताव को ठुकराए जाने से क्षुब्ध माइक ने बदले की योजना बनाई। महीनों तक, वह उसे परेशान करता रहा। वह जमीमा को कैंटीन में, प्लेफील्ड में, लाइब्रेरी में और स्कूल बस में प्रताड़ित करता रहा। इसी वजह से एक दिन उसने जमीमा को गलियारे में घेर लिया।

'हमें बात करने की जरूरत है,' माइक ने जमीमा को बांह से पकड़ रखा था।

'मुझे बात करने का कोई कारण नहीं दिख रहा है,' जमीमा ने जवाब दिया।

'तुम मेरी अनदेखी नहीं कर सकतीं। कोई भी मुझे ना नहीं कहता है।' माइक ने अहंकार से चिल्लाते हुए कहा। वो काफी बुरा बर्ताव कर रहा था।

'माइक! मेरे माता-पिता के पास बहुत कम पैसे हैं। उन्होंने मुझे यहां पढ़ने के लिए भेजा है। अमीर लड़कों के हाथों बेवकूफ बनने के लिए नहीं।'

'मैं पैसे को कारण नहीं समझता। मुझे लगता है तुम जानबूझकर मेरा तिरस्कार करना चाहती हो।'

'होने दो। क्या फर्क पड़ता है? तुम इतने हताश क्यों हो? मैं तुम्हारे लिए आखिरी लड़की नहीं हूं,'

'लेकिन मैं तुम्हारा पहला राजकुमार हूं।'

'इस तरह की बातें मत करो। कृपया मुझे परेशानी में न डालें,'

'अब देखेंगे!' माइक ने जेमिमा के साथ दुर्व्यवहार किया और उसने जेमिमा को धक्का दे दिया। जमीमा इस व्यवहार से क्षुब्ध हो गयी और खड़े हो कर गलियारे की सीढ़ियों की तरफ भागने लगी। माइक भी उसके पीछे दौड़ा। शोर सुन कर शिक्षक भी अपनी अपनी क्लास से बाहर आ गए। आखिरकार गलियारे की सीढ़ियों तक पहुँच कर जमीमा संतुलन खो बैठी और लुढ़क कर नीचे आ गिरी। यह उसके लिए घातक साबित हुआ। उसके मुँह से हल्की चीख की आवाज ही निकल पायी।

'माइक उस पर पत्थर मत फेंको! बियर की दो बोतलों का तुम पर कुछ ज्यादा ही असर हो गया है।' सैम ने उसे चेताया।

'तुम वहाँ क्यों नहीं बैठते?' माइक ने सामने चट्टान की ओर इशारा करके सैम को उस चट्टान पर बैठने का सुझाव दिया। यह चट्टान कटियाना के खुले हुए मांद के साथ लगती थी और लगभग बीस फुट की ऊंचाई पर थी।

माइक ने कुछ तस्वीरें क्लिक कीं। सैम चट्टान से खड़े हो कर माइक के नजदीक आ कर तसवीरें देखने लगा। माइक और सैम तसवीरें देखने में व्यस्त थे और मांद से बाघिन की आवाज पर उन्होंने गौर नहीं किया। परन्तु जब बाघिन की आवाज बिलकुल उनके पीछे से आयी तो वो घबराकर पीछे देखने लगे। वो ये देखकर भयभीत हो गए कि साइबेरियाई बाघिन ने बांस की सहारे ही मांद से दीवार पर छलांग लगा ली थी। माइक द्वारा फेंकी गई मोटी बांस खंदक पर पड़ी थी। इसने बाघिन की कूदने में मदद की। 'चिंता मत करो। बीस फुट की दीवार सुरक्षित है', दीवार से लगा हुआ तख़्त मांद में गिर गया। डर से उनके चेहरे फक पड़ गए।

बाघिन ने छलांग लगा कर सैम को नीचे गिरा दिया और उसके ऊपर खड़ी हो गयी। माइक भी अपना संतुलन खो बैठा और नीचे गिर गया। पर वो तुरंत खड़ा हुआ और हाथ में कैमरा ले कर वो गार्ड रूम की तरफ भागने लगा। कटियाना ने सैम को अगले पंजे से बुरी तरह मारा। एक सौ बीस पाउंड की बाघिन ने सैम के फेफड़ों को कुचल दिया। वो बेसुध हो गया। कटियाना ने सैम की गले को जोर से हिलाया और उसे मार दिया।

परन्तु माइक की गंध ने कटियाना को परेशान कर रखा था। बाघिन ने अपनी पूंछ को ऊपर उठाया और सैम को सूँघने के लिए अपना सिर नीचे लाई। वह नहीं हिला।

'मेरी मदद करो! धिक्कार है तुम पर द्वार खोलो!' माइक जमकर चिल्लाया। हर कुछ सेकंड में वह बाघिन की ओर देखता था।

प्रवेश द्वार पर कोई गार्ड नहीं था। कटियाना अब सवतंत्र थीऔर अपनी मांद से बाहर थी। वो कभी जंगल में सवतंत्र घूमती थी पर यहाँ बात अलग थी। माइक पीछे की ओर मुड़ा और उसने बाघिन को अपने सामने पाया। जानवर हमेशा आपको ढूंढ लेते हैं भले ही आपको लगे की वो आपको ढूंढ नहीं पाएंगे। हमारी खुशबू उनका मार्गदर्शन करती है।

माइक यकीन नहीं कर पा रहा था की उसके साथ ये सब हो रहा है। उसका जीवन बाघिन की दया पर था। वह वहीं खड़ी थी, ठीक उसके सामने। उसने बाघिन कीओर नहीं देखा। माइक उसकी आभा महसूस कर सकता था भले ही वो उसकी ओर देखे या ना देखे।

'शू ... चले जाओ!' माइक ने उसे चुनौती देने के लिए अपना कैमरा उठा लिया। उसने कैमरा पट्टे से कस कर पकड़ रखा था। लेकिन, ताकत में कटियाना बेहतर थी। आखिरकार वो बाघिन थी! कटियाना ने एक कदम पीछे लिया और माइक पर थिरकने के लिए आगे छलांग लगाई। उसने माइक की गर्दन पर क्रूर प्रहार किया और उसे पटक दिया। माइक का एक हाथ जमीन पर था और उसका दूसरा हाथ रक्त प्रवाह को नियंत्रित करने के लिए गर्दन पर था। माइक के मुंह से न तो कोई आवाज निकली और न ही कोई शब्द। कटियाना उसके बगल में बैठ गयी, एक शिकारी की तरह। उसने धैर्य से माइक को देखा। पांच साल बीत चुके थे उस घटना को हुए। अब जमीमा की बारी थी। यह उसका दिन था, उस निर्दोष महिला का दिन।

समाप्त

7
अराजकता

रौशनी (घर का दरवाजा खोलते हुए) : अरे श्रद्धा ! ये तुम्हारी आँख के ऊपर जख्म कैसा है ! तुम्हारा होंठ भी कटा हुआ है | क्या हुआ ?

श्रद्धा : अंदर आ जाऊं रौशनी मैडम !

रौशनी: हाँ हाँ ! अंदर आओ !

(रौशनी दरवाजा बंद करके श्रद्धा के कंधे पर हाथ रख कर उसे सोफे पर बैठने को कहती है)

रौशनी : क्या हुआ श्रद्धा ? तुम चुप हो | कुछ बोल नहीं रही हो |

श्रद्धा सर नीचे कर लेती है |

रौशनी : क्या फिर उसने तुम्हारे साथ ?

श्रद्धा : हाँ !

रौशनी : तुमने उसे मना क्यों नहीं किया | कब तक ऐसे चलेगा ? और कितना जुल्म सहोगी ?

श्रद्धा : जब तक वो चाहेगा तब तक ! और कैसे मना कर दूँ उसे ? शादी की है उससे मेमसाहब !

रौशनी : शादी की है से क्या मतलब ? तो वो हर रात तुमसे ज़बरदस्ती करेगा ! उसने मारा तुम्हें ?

श्रद्धा : हाँ पहले मारा और फिर काटा | और फिर...

रौशनी : हम्म...

(रौशनी ठंडी आह भरती है)

रौशनी : तुमने पुलिस को कॉल क्यों नहीं किया ?

श्रद्धा : क्या होता उससे ? आप तो वकील हो | आपको तो सब पता है | फिर जज साहेब ने ही तो कहा है की पति अगर जबरदस्ती भी करे तो वो जबरदस्ती नहीं है | ये उसका हक है !

रौशनी : हाँ श्रद्धा ! कहीं कोई इन्साफ नहीं है | हद है ! पता नहीं कहाँ जा रही है हमारी सोसाइटी | कहीं कोई शर्म नहीं है |

श्रद्धा : सोसाइटी ! जज साहेब ही तो बोले थे की पत्नी ही अगर रेप केस करेगी तो समाज में अराजकता फैल जाएगी | फैमिली वैल्यूज ही नहीं रहेंगे |

(श्रद्धा इस बात पर जोर से हंसती है)

रौशनी : फैमिली वैल्यूज ! कोई परवाह नहीं करता ! कुछ खाया श्रद्धा ?

श्रद्धा : हां मार ! (चुटकी ले कर बोलते हुए)

रौशनी : यह गलत है श्रद्धा !

श्रद्धा : दुनिया में बहुत कुछ गलत है | पर हां ! कल वो आपके बारे में भी गलत बोल रहा था |

(रौशनी हैरान हो कर श्रद्धा की तरफ देखती है)

रौशनी : मेरे बारे में ! क्यों पर ?

श्रद्धा : शायद उसने मेरे फोन पर कुछ देख लिया था |

रौशनी : तुम्हारे फोन पर ? तुमने कुछ बताया उसे?

श्रद्धा : नहीं !

रौशनी : फिर क्या देख लिया उसने ?

श्रद्धा : उसका फोन खराब हो गया था | कॉल करने के लिए लिया था उसने | शायद उसने ये फोटो देख लिया था|

(रौशनी श्रद्धा को चुम्बन दे रही थी | श्रद्धा ने रौशनी के गले पर अपना हाथ रखा हुआ था |)

रौशनी (दांत पीसते हुए) : तुम भी ना श्रद्धा ! इसे हटाया क्यों नहीं |

श्रद्धा शरारती भरी नजर से रौशनी को देखती है | रौशनी भी शरारती भरी नजर से श्रद्धा की तरफ देखती है | फिर दोनों हँस पड़तीं हैं |

समाप्त

8

घूरना

युवा लड़की सोफे पर बैठ कर अखबार पढ़ रही है | तभी दरवाजे पर घंटी बजती है | लड़की हाथ में बर्तन ले कर दरवाजा खोलती है | दरवाजे पर अधेड़ उम्र का दूधवाला लड़की को देख कर मुस्करा देता है | लड़की उसको देख कर नहीं मुस्कुराती |

दूधवाला: अर्चना दीदी दूध का बर्तन दीजियेगा |

अर्चना: ये लीजिये भैया पर आज गाय का दूध चाहिए | अर्चना बर्तन आगे कर देती है |

दूधवाला: दीदी गायें भैंस तो क्या आप बेशक ऊंटनी का दूध लीजिये |

दूधवाला बर्तन में दूध डाल देता है | जब अर्चना दूधवाले को पैसे देती है तो दूधवाला जानबूझ कर अर्चना की उंगलियों को छू लेता है| अर्चना हैरान हो कर उसे देखती है | दूधवाला शरारत भरी मुस्कान से अर्चना को देखता है | अर्चना बर्तन ले कर दरवाजा बंद कर देती है |

थोड़ी देर बाद अर्चना थैला ले कर सब्जी लेने जाती है | सब्जी वाला भी उसको देख कर मुस्कुरा देता है और हाथ में चूना झाड़ कर गुटका मुँह में डालता है |

सब्जीवाला : आओ दीदी ! बोलिये क्या दूँ ? बैगन, घीया, टिंडा या सिर्फ प्याज टमाटर|

अर्चना उसको नजरअंदाज कर देती है | वो सब्जी छांट कर सब्जीवाले को देती है | सब्जीवाला तोल कर सब्जी थैले में डाल देता है परन्तु अर्चना को थैला देते समय उसकी उंगलियों को छू लेता है | अर्चना गुस्से में दांत भींच लेती है पर कहती कुछ नहीं | सब्जीवाला मुस्कुराते हुए अपने लाल दांत बिखेर देता है |

वापसी में अर्चना परचून की दूकान में जाती है | परचून वाला उसको घूरता है जब वो सामान छांट रही होती है | अर्चना घर का जरूरी सामान परचून वाले को देती है | परचून वाला सामान को थैले में डाल देता है पर थैला देते समय अर्चना की उंगलियों को छू लेता है | अर्चना हताश हो कर उसकी तरफ देखती है पर कहती कुछ नहीं |

रात को अर्चना अपने पति के साथ खाने के मेज पर बैठी है पर वो खाने पर ध्यान ना दे कर अपनी ही उलझन में पडी है |

पति खांसता है और पूछता है : क्या सोच रही हो ?

अर्चना: कुछ नहीं ! आप बताओ !

पति : जरा वो दाल का बर्तन पकड़ाना |

अर्चना: हाँ ! जरूर !

जैसी ही वो बर्तन अपने पति को पकड़ाती है तो पति उसकी उंगलिओं को छू लेता है | अर्चना अपने दांत पीसती है और दूधवाले, सब्जीवाले और

परचून वाले का व्यवहार उसको याद आ जाता है |

पति अर्चना को शरारत भरी मुस्कान से देखता है|

अर्चना खड़ी हो कर पति को थप्पड़ मार देती है | पति भौंचक्का रह जाता है |

समाप्त

9
बेगम

बेगम को रियासत से बाहर जाने की अनुमति नहीं थी, फिर भी शाम ढलने से पहले वह कुछ समय अपने माता पिता के घर बिता कर वापस बंगले में आ गयी थी। बंगले के भीतर भी उसे सीमित आजादी थी। वह बंगले में सिमट कर रह गई थी। सुंदर और चमकदार दुनिया दूर-दूर तक फैली हुई थी और वह उसे अपने बेडरूम की खिड़की से देखती थी। बगीचे के फूलों की खुशबू से भरी कोमल हवा ने कमरे को सुगंधिध कर दिया।

भारत के उत्तरी हिस्से में छोटी रियासत के मुखिया नवाब सिद्दीकी ने गरीब किसान की बेटी नगमा से शादी का प्रस्ताव रखा। नगमा अपने अब्बा के साथ पीलीभीत के घने जंगल की सीमा पर रहती थी। बाघ, तेंदुए, जंगली सूअर आदि कभी कभार उनके खेतों की तरफ आ जाते थे। परन्तु जंगली जानवरों ने उन्हें कभी हानि नहीं पहुंचाई। शायद उत्सुकतावश वे उन्हें देखने आ जाते थे। गोरी त्वचा और मजबूत स्तन के प्रति नवाब का झुकाव उनके खून में था। नगमा के स्तन गोल, मुक्त, व उछालभरे थे। नवाब जंगल में अपना रास्ता खो चुका था। नगमा जब नवाब को पानी पिला रही थी तभी नवाब ने उसे अपना बनाने का ठान लिया था। हालांकि, उन्होंने नगमा की चमकदार आँखें नहीं देखीं जो कि बेहद आकर्षक थीं।

नगमा के परिवार ने इसे अपना भाग्य समझा और शादी का यह प्रस्ताव उनके लिए सर्वशक्तिमान की कृपा जैसा लगा। उन्होंने इसलिए

नवाब पर विश्वास किया। निकाह के बाद, गरीब नगमा बेगम नगमा बन गई। नवाबी बंगला दस एकड़ के हरे-भरे वातावरण में फैला हुआ था। औपनिवेशिक शैली के बंगले में बिलियड्र्स रूम, हॉल, पोलो ग्राउंड और निजी उद्यान था। नगमा ने ऐसे जीवन के बारे में सोचा तक ना था। हालांकि, कुछ वर्षों के बाद, सूजी हुई आंख और उभरे हुए चेहरे के कारण उसे ऐसे जीवन पर विश्वास नहीं था।

'मैंने तुम्हे खिड़की के पीछे ही रहने को कहा था,' नवाब ने जोर का थप्पड़ नगमा के चेहरे पर जड़ दिया। इसी हाथ ने नगमा को शादी में हीरों से जड़ी अंगूठी पहनाई थी।

'मुझे घंटों कमरे में बैठे रहना पसंद नहीं है!' नगमा की आँखों में आंसू थे।

'क्या तुमने अंग्रेज अफसर के गंदे विचार उसकी आँखों में नहीं देखे? मैंने देखे थे! मैं चाहता था कि वो नर्तकियों को देखे न कि मेरी बेगम को। ऐसा दोबारा नहीं होना चाहिए।' नवाब ने नगमा को चेतावनी दी। नवाब के चले जाने के बाद वह बहुत रोई।

कुछ देर बाद बड़ी आपा सलमा ने प्यार से बेगम के माथे पर हाथ फेरा।

'बेगम नगमा! शरबत पीएंगी आप,'

'नवाब साहब कहाँ हैं?'

'वह शिकार से वापस नहीं आया है,'

'मुझे तौलिया दो। मुझे अपना चेहरा साफ करने की ज़रूरत है,'

'चेहरा ठीक होने में समय लगेगा!'

'हाँ, बहुत समय!' बेगम ने आह भरी।

'तुम्हारे जैसी लड़की के कई प्रशंसक हो सकते हैं। उसका यह विचार उसे ईर्ष्यालु बना देता है।'

'जी आपा! वो मेरे चेहरे पर दिखाई दे रहा है।' नगमा ने अपनी सूजी हुई भौंवों पर देशी दवाई लगाई। उसने दर्पण में अपनी छवि को गहनता

से देखा।

൭൦

कुछ मौकों पर नवाब एक भावुक प्रेमी की तरह व्यवहार करता था। वह उसे प्यार से छूता था और देखभाल करता था। बाद में वह आक्रामक प्रेमी में बदल जाता था। नवाब बेगम को लात मारता था और बालों से घसीटता था। दया करो! वह भीख मांगती। नवाब उसके अनुरोध की परवाह नहीं करता था।

नवाब जानवरों के प्रति भी उतना ही क्रूर था। उन्हें गेम हंट पसंद था, खासकर बाघों का। महल की दीवारों पर बाघ की खाल को प्रदर्शित करने के प्रति उसका खास आकर्षण था। बेगम को शिकार के लिए साथ ले जाने में नवाब की कोई दिलचस्पी नहीं रही। अगर कभी शिकार के लिए साथ ले भी गया तो उसने बेगम को मचान में पत्तियों से ढक कर रखा। नवाब ने यह सुनिश्चित किया कि कोई भी उसकी खूबसूरत बेगम को न देख सके।

'क्या मैं शिकार के लिए साथ आ सकती हूँ?' बेगम ने सवाल किया।

'अजीब लगता है तुम्हारा पूछना! निशान अभी भी आपके चेहरे पर दिखाई देता है। ओह! मैंने तुम्हारे साथ ये क्या किया है?' नवाब ने भावुक हो कर कहा।

'इसे कोई नहीं देख पाएगा। मैं खुद को ढँक लूंगी!' बेगम ने करीब आ कर नवाब को चूमा।

'तुम्हें मेरा व्यवहार कितना अजीब लगता होगा ना!' नवाब ने अपनी बेगम की आँखों में देखा। उसने भी बेगम को चूमा।

'मुझे परवाह नहीं है!' बेगम ने धीरे से नवाब की गर्दन को छुआ।

'साथ चलो! तुम्हें व्यवहार को काबू में रखना चाहिए! तुम्हें सावधान रहने की जरूरत है!' नवाब ने उसे शिक्षित किया।

'सिर्फ मुझे!' बेगम मुस्कुरा दी।

൭൦

हाथी पर बैठ कर बेगम ने घने जंगल का आनंद लिया, जिसमें वे लंबे समय तक रहती थीं। रात की बारिश के कारण यह घना और गीला था। ऐसा लग रहा था मानो सारा जंगल गहन चिंतन में था। मौसम में उमस थी। बेगम बाघों या सांपों से नहीं बल्कि नवाब से डरती थी। हालांकि, ताजा हवा ने उसे ऊर्जावान कर दिया था।

महावत ने उन्हें मचान पर एक सुरक्षित स्थान लेने में मदद की। फिर महावत ने मचान के पास चारा बाँध दिया और स्पष्ट निशाने के लिए उसके पास एक लालटेन को जला दिया। अंधेरा होते ही महावत और हाथी सुरक्षा के लिए तेजी से ओझल हो गए।

अंधेरा होने पर बाघों को शिकार करना पसंद है। उनके पास दूर से सुनने की शक्ति है और वे रात में छह गुना बेहतर देख सकते हैं। बेगम और नवाब जंगल में अकेले रह गए थे। घंटों चुपचाप बैठे बीत गए। नवाब ने रिग्बी राइफल को घुटनों पर रख लिया। राइफल की बट ने बेगम के घुटनों को छू लिया।

'क्या मैं एक शॉट ले सकती हूँ?' बेगम ने फुस फुसा कर कहा।

'श ... चुप रहो! मैं बाघ को सूंघ सकता हूँ! वह यहाँ है!' नवाब ने उसे चेतावनी दी।

'मैं इसमें कोई गड़बड़ नहीं करूंगी। मेरा वादा है तुमसे! अगर मैं चूक गयी तो भी आपको और मौका मिल जाएगा।' बेगम जिद पर अड़ी रही। नवाब ने ने उसके जिद्दी रूप को हैरानी से देखा। उसे लगा कि बेगम ने बगावत कर दी है और मानेगी नहीं। वह उसे खतरे में डाल सकती थी।

'ठीक है, इसे पकड़ो! नोजल को बाघ पर रखो और फायर कर दो। बाकी काम गोली कर लेगी।' नवाब ने लालटेन की रोशनी में बाघ की तरफ राइफल को केंद्रित किया। नवाब बेगम के पीछे आ गया और बेगम की लंबी पीठ नवाब के दुबले कंधों को छू गई।

'निश्चित रूप से, यह शॉट काम कर देगा।' बेगम बड़बड़ाई। राइफल उसके हाथ में थी। वह नवाब को गोली मार सकती थी। लेकिन, वह संदेह में थी। इसलिए, उसने बाघ का चयन किया। बैंग! गोली राइफल से निकल कर बाघ को छूए बगैर निकल गयी। शोर ने बाघ को चिंतित

कर दिया, और उसने गुस्से में मचान की तरफ देखा। रिग्बी राइफलें अलग हैं। गोली चलने पर राइफल का बट पीछे की तरफ जोर से जाता है। राइफल के बट ने नवाब की दुबली छाती पर वार किया। वह संतुलन खो बैठा और नीचे गिर गया। बेगम ने मचान से देखा की नवाब पीड़ा में था। बाघ ने नवाब की पीड़ा, या शायद बेगम की पीड़ा का अंत कर दिया।

समाप्त

10
लॉकडाउन

प्रिया: क्या तुम भी बाहर साँस लेने आये हो ? मास्क ने तो बुरा हाल कर रखा है! हो गया तुम्हारा फोटोशूट !

आदित्य: हाँ! अब जा कर फ्री हुआ हूँ | (प्रिया का आई कार्ड गौर से देखते हुए) तुम्हारी यूनिवर्सिटी के स्टूडेंट्स बहुत शोर करते हैं | और मास्क तो बिलकुल नहीं पहनते हैं |

प्रिया (थोड़ा भौंहें उचकाते हुए) : स्टूडेंट्स हैं ! वो भी सबसे हैपनिंग कॉलेज के ! शोर तो करेंगे ही अपने फेस्ट में | बड़ी मुश्किल से इजाजत मिली है फेस्ट की ! सोशल डिस्टन्सिंग के वादे के साथ !

आदित्य: हाँ! समय कठिन है!

प्रिया: मैंने देखा तुम्हें लटक लटक कर अलग अलग एंगल से फोटो खींचते हुए |

आदित्य: Hi! I am Aditya! शुक्रिया मेरी तारीफ करने का | जब कुछ अलग चाहिए हो तो कुछ अलग तो करना ही पड़ता है | मेरा काम ही कुछ ऐसा है | (थोड़ा मुस्कराते हुए)

प्रिया: I am Priya! Vamity International! Final Year! मेरा नाम तो तुम पहले ही पढ़ चुके हो मेरे आई कार्ड पर ! आई होप अच्छी तस्वीरें ली होंगी तुमने हम सब की |

आदित्य: हाँ ली तो हैं ! पर इतना कह सकता हूँ की तुम्हारी अच्छी आएंगी | तुम हो ही इतनी खूबसूरत |

प्रिया: हाँ मास्क उतारते ही तुमने भांप लिया ! तुमने ये बात कितने फेस्ट में और कितनी लड़कियों से कही है ?

आदित्य (मुस्कराते हुए) : कुछ ज्यादा नहीं | थोड़ा आगे चलें | तालाब के किनारे तक | वहाँ और ठंडी हवा होगी |

प्रिया: क्या आगे जाना ठीक रहेगा ? तालाब काफी गहरा है!

आदित्य: हमें कौन सा तालाब के अंदर जाना है ? या तुम्हें मुझ से डर लग रहा है |

प्रिया (मुस्करा कर कहते हुए) : तुम से डर लगता तो यहां तुमसे बातें नहीं कर रही होती | पर हाँ अपने हॉस्टल की वार्डेन से जरूर लगता है |

प्रिया और आदित्य तालाब की ओर जाते हैं |

आदित्य: ऐसा क्यों?

प्रिया: कर्फ्यू जो लगा रखा है रात दस बजे का | लॉकडाउन वाला! वो तो आज फेस्ट है तो थोड़ी रियायत दे रखी है | फिर भी ग्यारह बजे तक तो पहुंचना ही है हर हालत में | नहीं तो किसी होटल में रात गुजारनी पड़ेगी | पर वो भी लोकल्स को कमरा नहीं देते | इसे कहते हैं आगे कुआँ पीछे खाई!

आदित्य: घबराओ नहीं ! ठीक समय पर पहुँच जाओगी हॉस्टल | दस ही तो बजे हैं अभी | नहीं तो मेरा घर है ही | तुम वहां रुक सकती हो |

प्रिया (हँसते हुए) : शुक्रिया | बहुत मेहरबानी आपकी |

आदित्य: वैसे कितना दूर है हॉस्टल सोहना से |

प्रिया: यहीं सोहना रोड पर ही है | कोई बीस मिनट का रास्ता है |

आदित्य: कोई बात नहीं | दस मिनट में वापस चलते हैं | तुम्हारे फ्रेंड्स भी वेट कर रहे होंगे |

प्रिया: नहीं वो सब डांस में बिजी हैं | मेरी रूम पार्टनर आई नहीं क्योंकि उसे बुखार था | नहीं तो वो मेरे साथ यहां घूम रही होती |

आदित्य: साये !

प्रिया: क्या?

आदित्य: हमारे साये ! कितने लंबे हैं ना? हर समय हमारे साथ साथ घूमते हैं | सब कुछ देखते हैं और सब कुछ सुनते हैं पर कुछ नहीं बोलते | हमेशा चुप रहते हैं |

प्रिया: (मुड़ कर पीछे की ओर देखते हुए) वह कैसा साया है? कुछ ज्यादा ही तेज आ रहा है | वो भी इस तरफ !

आदित्य: (पीछे मुड़ कर देखते हुए) हाँ कोई गाड़ी लग रही है | पर यह इतनी रात को क्यों ऑफ रोडिंग कर रही है | वो भी लेक के किनारे | ये भी क्या ठंडी हवा लेने आये हैं !

प्रिया (गौर से देखते हुए) : तुम बिलकुल ठीक कह रहे हो | मुझे कुछ ठीक नहीं लग रहा है | गाड़ी ! वो भी इतने उबड़ खाबड़ रास्ते पर रात को| वापस चलें ?

आदित्य: चलना तो चाहिए | वैसे भी तुम्हें हॉस्टल टाइम से पहुँचना है |

(दोनों वापस मुड़ते हैं | पर गाड़ी तब तक उनके सामने आ कर खड़ी हो जाती है | गाड़ी से तीन आदमी उतरते हैं | सबने मास्क लगा रखे हैं | गाड़ी की लाइट्स आदित्य और प्रिया के चेहरे पर पड़ती है |)

पहला आदमी (जिसकी एक आँख पर काली पट्टी ने कवर कर रखा है) : ओह हो ! ये तुम इतनी रात को यहां अँधेरे में क्या कर रहे हो ? पता नहीं लॉकडाउन है! (वो टोर्च की रोशनी दोनों पर मारता है)

आदित्य: (सीधे हाथ को अपने चेहरे पर ला कर रोशनी से बचते हुए) इतनी रात को? अभी दस ही तो बजे हैं ! लॉक डाउन में ढील दी है सरकार ने!

दूसरा आदमी (जोर से बोलते हुए) : अबे सर कौन बोलेगा?

आदित्य: सर!

दूसरा आदमी: पूरा बोल!

आदित्य: अभी दस बजे हैं! सर!

प्रिया: सर! हम जा ही रहे थे यहाँ से | वो फेस्ट है हमारे कॉलेज का | उसमें आये थे |

पहला आदमी (प्रिया को घूर कर देखते हुए) : और फिर थोड़ा घपाघप करने यहाँ आ गए | क्यों?

दूसरा आदमी (जोर से हँसता है और उसका चमकता हुआ गोल्डन दांत दिखता है |)

प्रिया: एक्सक्यूज़ मी सर! आप ऐसे मत बोलिये प्लीज!

पहला आदमी: ठीक है नहीं बोलेंगे | पर तुम चुपचाप गाड़ी में बैठ जाओ |

आदित्य (थोड़ा गुस्से से) : आप ये क्या कह रहे हैं?

दूसरा आदमी (अपना रिवाल्वर निकल कर आदित्य की तरफ तान देता है) : अबे तुझ से नहीं लड़की से कह रहे हैं |

तीसरा आदमी (गाड़ी से बोलते हुए) : अबे जल्दी करो! सारी रात नहीं है हमारे पास |

पहला आदमी प्रिया के पास आ कर उसका हाथ खींच कर गाड़ी की तरफ ले जाता है | आदित्य आगे बढ़ कर उसे रोकना चाहता है पर दूसरा आदमी उसको रिवाल्वर दिखा कर अपना सर हिला कर हिलने को मना करता है |

दूसरा आदमी: जाओ भाई लोगों ऐश करो! मैं इस लोंडे को यहीं रोकता हूँ |

प्रिया चीख़ती है पर दोनों आदमी उसे गाड़ी में ले कर चले जाते हैं |

आदित्य: तुम लोग सही नहीं कर रहे हो | वह कॉलेज स्टूडेंट है !

दूसरा आदमी: तो तुझे क्या लगता है की हमें नहीं पता | हम पहली बार नहीं उठा रहे लड़की यहाँ से | हमें पता है यहां फेस्ट होते हैं और तुम्हारे जैसे लफंडर यहाँ आते हैं लुत्फ़ उठाने | कभी कभी थोड़ा लुत्फ़ हम भी उठा लेते हैं |

आदित्य: (हैरानी से देखते हुए) क्या?

पहला आदमी: (गाड़ी से उतरते हुए) जा भाई | तू भी मजे ले |

दूसरा आदमी: नहीं यार आज मूड नहीं है |

पहला आदमी (आदित्य से) : तू जाएगा?

आदित्य: क्या बकवास है? तुम लोग बचोगे नहीं |

पहला आदमी: (हँसते हुए): अच्छा! क्या करोगे? उसकी वीडियो बनाई है हमने| बताओ सब को! पर सोच लो! हम वायरल कर देंगे|

दूसरा आदमी: भाई मुझे तो जरूर भेजना | तुम सालों ने बहुत जुल्म किया होगा उस पर | (आँख मचकाते हुए)

आदित्य: तुम लोग बहुत बेशर्म हो |

पहला आदमीः हा हा | (हँसते हुए और आदित्य को बीच में ही टोकते हुए) तुम में जरा भी इंसानियत नहीं है वगैरह वगैरह | चल फूटो तुम दोनों यहाँ से अब |

(तीसरा आदमी प्रिया को गाड़ी से धक्का दे देता है | तीनो आदमी वहाँ से चले जाते हैं |)

आदित्यः (सर नीचे कर के अपना हाथ प्रिया के कंधे पर रख हर संकोच से पूछते हुए) प्रिया... तुम...

प्रिया (हाथ छिटकते हुए) : प्लीज...

आदित्यः मैं... वो... मैं तुम्हें हॉस्टल छोड़ देता हूँ |

(प्रिया बिना कुछ बोले रोने लगती है)

आदित्यः देखो... प्लीज... मेरी बात मानो तो...

प्रिया (धीरे से सुबकते हुए और बोलते हुए) : क्या मानूँ?

आदित्यः इसे रिपोर्ट करो !

प्रियाः कैसे? सुना नहीं तुमने की उन्होंने वीडियो बनाई है |

आदित्यः मालूम है मुझे | यकीन मानो उन लोगों ने वो वीडियो खुद देखने के लिए नहीं बनायी है | वो उसे अपलोड करेंगे | पर तुम्हें चुप नहीं रहना चाहिए| वो बोल रहे थे की उन्होंने बहुत लड़कियों के साथ...

प्रिया (हैरानी से आदित्य को देखते हुए और चीख कर बोलते हुए) : भेड़िये हैं वो लोग| उससे भी बदतर |

आदित्यः इसीलिए कह रहा हूँ की इन भेड़ियों को पिंजरे में होना चाहिए | बाहर नहीं|

प्रियाः पर... पर मैं हॉस्टल में क्या कहूंगी?

आदित्यः वैसे भी ग्यारह बज चुके हैं| अब तुम हॉस्टल में सुबह ही जा पाओगी |

प्रियाः क्या फेस्ट से कोई मुझे ढूंढ़ने नहीं आया?

आदित्यः किसी को नहीं मालूम की हम यहां आये हैं| इतना सुनसान जो है |

प्रियाः हमें यहां आना ही नहीं चाहिए था |

आदित्य: यहां तो नहीं पर हमें जरूर रिपोर्ट करना चाहिए | चलो पुलिस स्टेशन मेरे साथ | मेरी गाड़ी पास में ही है |

(आदित्य धीरे से प्रिया को सहारा देते हुए |आदित्य और प्रिया गाड़ी तक जाते हैं | प्रिया डर से आसपास देखती है और आदित्य धीरे से प्रिया को गाड़ी की सीट पर बिठाता है |)

प्रिया: कहाँ है पुलिस स्टेशन?

आदित्य: गूगल पर देख रहा हूँ | यहां... सोहना रोड पर ही है |

प्रिया: हॉस्टल के इतने पास? मैंने तो कभी नहीं देखा |

आदित्य: अंदर गाँव की सड़क पर है | देखतीं भी कैसे! तुम्हे कभी जरूरत ही नहीं पड़ी |

प्रिया: हाँ ! हॉस्टल से कॉलेज और कॉलेज से हॉस्टल | सोचा नहीं था की ऐसे......

आदित्य: रिलैक्स प्रिया ! (हाथ से प्रिया को चुप करते हुए) गाड़ी चलाऊं |

(प्रिया हाथ से चेहरा ढक कर रोने लगती है)

आदित्य धीरे से गाड़ी चलता है और प्रिया खिड़की पर सर रख कर बाहर की और देखती है | कुछ दूर जा कर गाड़ी कच्ची सड़क पर लेता है और पुलिस स्टेशन के सामने खड़ी कर देता है | आदित्य बाहर आ कर प्रिया की तरफ का दरवाज़ा खोलता है और उसे धीरे से गाड़ी से उतारता है | दोनों पुलिस स्टेशन के बोर्ड की तरफ देखते हैं और फिर एक दुसरे की तरफ| आदित्य धीरे से सर हिला कर प्रिया को चलने को कहता है | दोनों पुलिस स्टेशन के अंदर जाते हैं और सामने टेबल पर बैठे पुलिस वाले से बात करते हैं|

෴

आदित्य (थोड़ा संकोच से पूछते हुए) : सर ! हमें... हमें रिपोर्ट लिखवानी है |

कांस्टेबल (गौर से दोनों को देखता है) : इतनी रात को ! ग्यारह बज रहे हैं | (थोड़ा तल्खी से बोलते हुए) के हुआ है? मास्क क्यों ना पहने तुम लोगों ने!

आदित्य: ये मेरी दोस्त हैं प्रिया | इनके साथ... (थोड़ा संकोच से बोलते हुए) इनके साथ कुछ गलत हुआ है |

कांस्टेबल (गौर से प्रिया को देखते हुए) : रेप हुआ है ? मुझे तो ठीक ठाक लग रही है छोरी | ना तो कपडे फटे लग रहे इसके और ना ही चेहरे पर कोई निसान | के माजरा है?

प्रिया: सर ! ये ठीक बोल रहे हैं | आप किसी लेडी कांस्टेबल को बुला दें |

कांस्टेबल : यहाँ ना है कोई लेडी कांस्टेबल | यो गाँव हैं छोरी! गाँव ! कोई सेहर ना है | और मने ना लिखनी आवे है रिपोर्ट | कल सवेरे आना |

आदित्य: ठीक है सर ! एस एच ओ साहेब हैं क्या? हम उनसे बात कर सकते हैं ? रिपोर्ट आज ही लिखवानी है! इनका मेडिकल होना जरूरी है |

कांस्टेबल : थोड़ा शांति रख | (कांस्टेबल फ़ोन पर किसी से बात करता है)

प्रिया: देखिये सर ! कोई तो सीनियर होगा |

कांस्टेबल : जा अंदर जा | कमरे में साहेब बैठे हैं |

(आदित्य और प्रिया कमरे की तरफ जाने लगते हैं)

कांस्टेबल (आदित्य को इशारा करते हुए) : औ छोरे ! तू नहीं | सिर्फ छोरी ने बुलाया है |

(प्रिया डर कर आदित्य को देखते हुए |)

आदित्य: डरो नहीं ! मैं यहीं हूँ |

कांस्टेबल: डर ना छोरी ! पुलिस थारी सेवा में | (हँसते हुए)

(प्रिया घबरा कर अंदर जाती है | इंस्पेक्टर रैंक का अफसर अलमारी की तरफ मुँह कर के खड़ा हुआ है और फाइल चेक कर रहा है)

प्रिया: Excuse me Sir!

इंस्पेक्टर: हाँ बैठो ! (हाथ से प्रिया को बैठने का इशारा करता है)

प्रिया: (कुर्सी पर बैठते हुए) Thank you Sir!

इंस्पेक्टर: क्या हुआ है ?

प्रिया: वो सर ... (थोड़ा झीजक़ते हुए) वो सर...

इंस्पेक्टर: डरो नहीं ! बोलो !

प्रिया: सर ! वो मैं अपने दोस्त के साथ फेस्ट आयी थी | तो...

इंस्पेक्टर: हाँ हाँ! बोलो क्या हुआ?

प्रिया: वो हम वहां तालाब पर घूम रहे थे | तभी...

इंस्पेक्टर: इतनी रात को तालाब पर ? खैर... क्या हुआ?

प्रिया: (धीरे से बोल कर अपना सर नीचे करते हुए और सुबक कर बोलते हुए) तभी गाड़ी में तीन लोग आये और उन्होंने... मेरा...

इंस्पेक्टर: (थोड़ी देर चुप रह कर पूछते हुए) क्या तीनों ने ?

प्रिया: नहीं दो लोगों ने |

इंस्पेक्टर: और तीसरा?

प्रिया: उसने मेरे दोस्त को पकड़ रखा था |

इंस्पेक्टर: क्या उसके सामने ही?

प्रिया: नहीं वो मुझे गाड़ी में वहीं तालाब के पास सुनसान जगह में ले गए थे |

इंस्पेक्टर: तुमने चीखा नहीं | क्या आसपास किसी ने उन्हें देखा तुम्हारा रेप करते हुए ?

प्रिया: मैं चीखी थी | पर वो भेड़िये थे | शीशे बंद कर दिए थे उन्होंने | इतनी रात को कौन देखता? (सुबकते हुए)

इंस्पेक्टर: फिर तो उन्हें सजा दिलाना मुश्किल होगा ! क्या तुम उन्हें पहचान सकती हो ?

प्रिया: बिलकुल | एक भेड़िये की एक आँख पर काली पट्टी बंधी थी और दुसरे का एक दांत चमक रहा था | जैसे कोई पीतल का दांत लगवा रखा था | (आँखों में डर के साथ बोलते हुए)

इंस्पेक्टर: (अपना हाथ अपनी आँखों की तरफ रख कर और मुड़ कर प्रिया की तरफ देख कर बोलते हुए) क्या ऐसी पट्टी थी उसकी आँख पर?

(दूसरा इंस्पेक्टर अलमारी के पीछे से बाहर निकल कर प्रिया की तरफ आते हुए और हँस कर दांत की तरफ इशारा करते हुए): ये गोल्ड का है छोरी! पीतल का ना है समझी !

समाप्त

www.ingramcontent.com/pod-product-compliance
Lightning Source LLC
LaVergne TN
LVHW041545060526
838200LV00037B/1154
* 9 7 8 1 6 3 9 4 0 8 0 7 8 *